The Three Little Pigs

Los tres cerditos

retold by Patricia Seibert   illustrated by Horacio Elena

Copyright © 2005 School Specialty Children's Publishing. Published by Brighter Child®, an imprint of School Specialty Children's Publishing, a member of the School Specialty Family. Send all inquiries to: School Specialty Children's Publishing, 8720 Orion Place, Columbus, Ohio 43240-2111.

Made in the USA.   ISBN 0-7696-3818-X   1 2 3 4 5 6 7 8 9 PHXBK 09 08 07 06 05 04

Once upon a time, there were three little pigs. They were very curious about the big, wide world. One summer morning, they set off together.

Habá una vez tres cerditos que deseaban explorar el mundo entero. Una mañana de verano, salieron juntos.

The three little pigs enjoyed being on their own. They shared picnics. They played hide-and-seek with their new friends.

Los tres cerditos disfrutaban de estar solos. Compartían meriendas. Jugaban a las escondidas con sus nuevos amigos.

Soon, the fall winds began to blow. The pigs knew they would need a warm, safe house for the winter.

Poco después, los vientos de otoño comenzaron a soplar. Los cerditos sabían que necesitarían una casa cálida y segura durante el invierno.

The pigs decided they would each build their own house. The first little pig grabbed the first thing he saw—some straw from a nearby field—and began to work.

Los cerditos decidieron que cada uno construiría su propia casa. El primer cerdito agarró la primera cosa que vio —paja de un campo cercano— y comenzó a trabajar.

The first little pig built his house quickly, without much planning. The other two pigs thought the house of straw might not be strong enough.

El primer cerdito construyó su casa rápidamente, sin planear mucho. Los otros dos cerditos pensaron que una casa de paja no sería lo suficientemente fuerte.

The second little pig thought sticks might be stronger than straw. He gathered the best sticks he could find.

El segundo cerdito pensó que palos podrían ser más fuertes que la paja. Recogió los mejores palos que pudo encontrar.

He made a frame from the long sticks. Then, he tied sticks to the frame to make walls.

Construyó un armazón con los palos largos. Luego, ató palos al armazón para hacer las paredes.

The second little pig was very happy with his new house. The third little pig still was not sure that sticks would be strong enough. He thought that bricks would make a good, sturdy house.

El segundo cerdito estaba muy feliz con su casa nueva. El tercer cerdito todavía no estaba seguro de que los palos serían lo suficientemente fuertes. Pensó que los ladrillos harían una casa buena y resistente.

The third little pig began to work. After a long time, he finished his brick house. He was quite happy with it. The two other little pigs were not sure that the brick house was worth all that hard work!

El tercer cerdito comenzó a trabajar. Después de mucho tiempo, terminó su casa de ladrillo. Estaba bastante feliz con ella. Los otros dos cerditos no estaban seguros de que la casa de ladrillo ¡valiera la pena tanto trabajo!

While the three little pigs were playing one day, they came across some wolf tracks. They knew the wolf was near. So, they ran to their homes and locked their houses up tight.

Un día, mientras los tres cerditos jugaban, encontraron unas huellas de lobo. Sabían que el lobo estaba cerca. Así que corrieron a sus casas y cerraron muy bien con llave.

Soon, the wolf knocked on the door of the first little pig's house.

Pronto, el lobo tocó a la puerta de la casa del primer cerdito.

"Little pig, little pig, let me come in!" said the wolf.

"No!" cried the first little pig. "Not by the hair of my chinny, chin, chin!"

—Cerdito, cerdito, ¡déjame entrar! —dijo el lobo.

—¡No! —gritó el primer cerdito—. ¡Por nada del mundo te dejaré entrar!

"Then, I'll huff, and I'll puff, and I'll blow your house in!"
shouted the wolf. And with a mighty blow, the wolf blew down
the house of straw.

—Entonces, soplaré y resoplaré, y ¡la casa derrumbaré! —gritó el
lobo. Y con un poderoso soplo, el lobo derrumbó la casa de paja.

The first pig ran to the second pig's house. Soon, the wolf knocked on the door. "Little pigs, little pigs, let me come in!" said the wolf.

"No!" cried the pigs. "Not by the hair of our chinny, chin, chins!"

El primer cerdito corrió a la casa del segundo cerdito. Pronto, el lobo tocó a la puerta. —Cerditos, cerditos, ¡déjenme entrar! —dijo el lobo.

—¡No! —gritaron los cerditos—. ¡Por nada del mundo te dejaremos entrar!

"Then, I'll huff, and I'll puff, and I'll blow your house in!" shouted the wolf. And with a great breath, the wolf blew down the house of sticks.

—Entonces, soplaré y resoplaré, y ¡la casa derrumbaré! —gritó el lobo. Y con un gran soplo, el lobo derrumbó la casa de palos.

The two little pigs ran to the brick house. Soon, the wolf knocked on the door.

"Little pigs, little pigs, let me come in!" said the wolf.

"No!" shouted the pigs together. "Not by the hair of our chinny, chin, chins!"

Los dos cerditos corrieron a la casa de ladrillo. Pronto, el lobo tocó a la puerta.

—Cerditos, cerditos, ¡déjenme entrar! —dijo el lobo.

—¡No! —gritaron al tiempo los cerditos—. ¡Por nada del mundo te dejaremos entrar!

"Then, I'll huff, and I'll puff, and I'll blow your house in!" shouted the wolf. The wolf tried and tried. He could not blow down the house of bricks.

—Entonces, soplaré y resoplaré, y ¡la casa derrumbaré! —gritó el lobo. El lobo trató y trató, pero no pudo derrumbar la casa de ladrillos.

The wolf came up with a new plan. The three little pigs guessed what he might do. So, they lit a fire in the fireplace.

Al lobo se le ocurrió un nuevo plan. Los tres cerditos se preguntaban qué podría hacer. Así que prendieron el fuego en la chimenea.

The wolf climbed down the chimney. Before he reached the bottom, his tail caught fire!

El lobo bajó por la chimenea. Antes de llegar al fondo, ¡su cola prendió fuego!

The wolf raced away in a panic.

The three little pigs stood in front of the sturdy brick house as they watched the wolf disappear. The wolf was never seen again. The pigs lived happily ever after.

El lobo se alejó corriendo despavorido.

Los tres cerditos se pararon frente a la resistente casa de ladrillo mientras miraban al lobo desaparecer. Nunca lo volvieron a ver. Los cerditos vivieron felices para siempre.